*CORTEJO EM ABRIL*

ZULMIRA RIBEIRO TAVARES

# *CORTEJO EM ABRIL*

*Ficções*

Copyright © 1998 by Zulmira Ribeiro Tavares

Capa:
*Angelo Venosa*

Foto da capa:
*Cristiano Mascaro*

Preparação:
*Cristina Penz*

Revisão:
*Cláudia Cantarin*
*Ana Paula Castellani*

Dados Internacionais de Catalogação na Publicação (CIP)
(Câmara Brasileira do Livro, SP, Brasil)

Tavares, Zulmira Ribeiro
  Cortejo em abril : ficções / Zulmira Ribeiro Tavares . —
São Paulo : Companhia das Letras, 1998.

  ISBN 85-7164-814-X

  1. Romance brasileiro I. Título.

98-3703                                                   CDD-869.935

Índices para catálogo sistemático:
1. Romances : Século 20 : Literatura brasileira
   869.935
2. Século 20 : Romances : Literatura brasileira
   869.935

1998

Todos os direitos desta edição reservados à
EDITORA SCHWARCZ LTDA.
Rua Bandeira Paulista, 702, cj. 72
04532-002 — São Paulo — SP
Telefone: (011) 866-0801
Fax: (011) 866-0814
e-mail: coletras@mtecnetsp.com.br

# ÍNDICE

## I

Cortejo em abril, 11
Gripe espanhola, 37
Uma Senhora, 39
Zombaria, 41
O Guardador do Sol, 45

## II

Pequena mulher a caminho, 51
Certa engenharia, 53
Arranjos no tempo, 55
A pedra calcinada, 57
Um assassino, 59
O nada, 61
O inconsciente, 63
A praia. O mar
   E da praia acenam às embarcações diminuindo, 66
   A casa da praia, 67
   Morte praieira, 68

O mar do mar, 69
No interior dos peixes, 70
Encontros reservados
O doutor em filosofia e a manicura de doutores, 72
No Motel Tique-Taque, 73
Televisão. Televisores
104 polegadas, em cores, 76
Tremendo e fiel, 77
14 polegadas em branco e preto, 79
Abandono, 81

*Sobre os textos*, 83

*CORTEJO EM ABRIL*

*I*

# CORTEJO EM ABRIL

> (...)*No anfiteatro do Centro de Convenções Rebouças, em frente ao Instituto do Coração do Hospital das Clínicas da Universidade de São Paulo, o porta-voz da presidência da República, jornalista Antônio Britto, anunciou, às 22h30, o falecimento do presidente Tancredo Neves após uma internação de 39 dias, primeiro no Hospital de Base de Brasília e, depois, no Instituto do Coração. Assim, José Sarney, que ontem mesmo decretou hoje feriado nacional, torna-se presidente da República Federativa do Brasil.*
> O Estado de S. Paulo, *edição extra, 22 de abril de 1985. Transcrito por* IstoÉ-Senhor, "*São Paulo, 110 Anos de Industrialização — 1880-1990*", Ivan Ângelo

No dia seguinte ao domingo em que morreu Tancredo Neves, o Consertador de Tudo saiu de casa como sempre para responder a um chamado. Mas havia pedido à mulher, que atendera o telefonema, para avisar ao senhor do outro lado da linha que ele ia demorar um pouquinho porque tinha outro chamado já combinado antes. Mentira. Ele soubera pelo rádio que o cortejo com o corpo passava pela avenida Brasil, depois seguiria pela avenida Pedro Álvares Cabral a caminho do aeroporto. Ele cortaria caminho pelo parque do Ibirapuera e esperaria a passagem do cortejo. O dia estava limpo, muitas pessoas acorriam de dentro das casas com a mesma intenção. A mulher pediu para ir também. Nem por sombras, disse o Consertador de Tudo com autoridade. Tenho cá para mim que hoje, um dia depois de um homem tão santo ter chegado ao reino de Deus, é dia de sorte. Vão chover chamados.

O Consertador de Tudo morava numa ruazinha torta atrás da rua Afonso Brás, para os lados de Vila Uberabinha. Morava na divisa, entre um lado nobre, Vila Nova Conceição, e o outro lado nobre, Moema. Muita gente que morava em Vila Uberabinha gostava de dizer que morava em Moema. Ele conhecia esses macetes das pessoas para subirem na vida e não culpava ninguém. Ele próprio falava do seu pequeno prédio encortiçado como ficando "para os lados de Moema". Dobrando-se uma outra pequena rua que saía da sua, dava-se de cara com o córrego do Uberabinha, e lá do outro lado com a favela, erguida à margem. Na margem de cá, e acompanhando-a em parte, havia se formado uma grande lixeira horizontal, como se a favela explicasse a presença da lixeira e a justificasse, tirando dos ombros dos habitantes desse lado, afinal seus provedores, a responsabilidade por sua existência. Todos os moradores deste lado mostravam o maior desprezo pela lixeira, o córrego, a favela. O Consertador de Tudo também, mas é verdade que tinha alguns fregueses na favela, por onde se chegava dando uma larga volta. Muitos deles não pagavam, outros pagavam em espécie, ele porém insistia que lhe traziam sorte e dizia que depois de atender a um favelado choviam chamados dos grandes prédios. Já a mulher se apavorava dele entrar na favela; além do mais, essa história de sorte ela a conhecia bem, levava a parte alguma, ela pelo menos não saía do lugar, sempre presa ao telefone e de ouvido atento à porta. Às vezes também os dois, em horas mortas, carregavam algum lixo mais obstinado, que se negava a entrar nos sacolões de plástico, lá para a Grande Lixeira. No inverno e em dia sem vento podia-se esquecer a Grande Lixeira e por conta esqueciam-se também o córrego do Uberabinha e a favela do Uberabinha. Era só não dobrar a pequena rua torta que ia desembocar na outra; caminhar exatamente para o lado oposto, logo ali alguns quarteirões adiante onde grandes prédios se erguiam. Mas no verão, vindo o vento dos lados de Moema, ao passar pela favela, arrepiar as águas do córrego e soprar na lixeira, como um ladrão pé-de-vento deles roubava certo cheiro pestilento com um misterioso fundo doce. Era então o tempo das moscas de asinhas de arco-íris e dos pernilongos assobiadores que se encarregavam também de lhe lembrar que morava bem no centro de Vila Uberabinha.

O Consertador de Tudo de tanto conversar com os moradores dos altos prédios em Vila Nova Conceição e no Itaim-Bibi tinha adquirido um jeito especial de abordá-los, muito bonito. Inclinava o corpo um pouco para o lado e fazia um ar pensativo antes de dar o orçamento. Parecia estar meditando, voltado muito para dentro de si mesmo, recusando as altas cifras que lhe sobrevoavam tentadoramente o coração e escolhendo entre elas a menor, de pouco peso, para oferecê-la com deferência ao freguês ou freguesa. Se ainda assim o freguês ou freguesa simulasse um grande susto e pusesse em dúvida o orçamento, o Consertador de Tudo tinha, para essas ocasiões, atitudes e respostas variadas, muitas imponentes. Diante de um velho fogão, por exemplo, podia olhá-lo então com certa ternura e compaixão, soltar mesmo um suspiro e, corroborando as palavras do freguês ou freguesa, dizer que talvez fosse mesmo o caso de consertá-lo, era de alta qualidade (elogiava sempre indiscriminadamente tudo o que encontrava pela frente para consertar), marca excepcional e estava "muito bem conservado", mas era um fogão usado, muito vivido, e quem sabe fosse o caso de comprar um novo, ainda que ele pessoalmente, pela experiência que tinha no assunto, não dava dois tostões de mel coado por essas engenhocas novas, coloridas, cheias de botões, mas sem tutano, sem ossatura, e que com uma leve sacudidela se desmontavam. Porém se apesar disso o Consertador de Tudo perdia a visita porque o freguês se mostrava estupidamente teimoso, mesmo assim não se abalava e apresentava um ar tão ou mais amável do que quando entrara. Dizia que não era seu costume cobrar a visita, não lhe deviam nada, despedia-se sem mostrar rancor e pedia apenas licença para antes de sair lavar as mãos. O que perdia aqui, ganhava ali, e não baixava o nível.

A mulher lhe deu antes de partir mais uma dose de café forte que ele nunca recusava. Fumou dois cigarros, um atrás do outro, pegou sua maleta de trabalho e partiu. Era um homem magro, entre trinta e cinco e quarenta anos, mas talvez tivesse entre quarenta e cinco e cinqüenta, ou mais, não se sabia ao certo, dependia um pouco do ângulo e da distância de que o olhassem, era um pouco parecido com aquelas regiões: ora mais novo e desempenado como o prédio que subia à esquerda, ora, se encarado bem de perto, mostrava trazer no rosto um maceramento de coloração escura e irregular, e mesmo a postura

*14*

adquiria certo ar de coisa desabante mas que fica, a forma incerta dos barracos do outro lado do córrego.

Claro que havia um exagero naquilo dele consertar tudo. Mas sabia lidar com fogões, máquinas de lavar, de escrever, trocar torneiras. Tinha a mão, o dom para fazer as coisas quebradas funcionarem de novo, como se dizia na vizinhança.

Quando saiu de casa sentiu que apesar do dia limpo o vento lhe trazia aquele cheiro duvidoso da Grande Lixeira, com um misterioso fundo doce. Pensou então no Santo Homem sendo levado do Instituto do Coração para o aeroporto de Congonhas, deixou de vê-lo reinando entre os anjos para pensá-lo destinado à terra, com a qual aos poucos iria se assemelhar, e nela se perder, sentiu certa angústia envergonhada.

Na véspera, no domingo, dia da morte de Tiradentes, o Consertador de Tudo, tomando a sua cerveja à noite, havia tido uma sensação medonha como disse à mulher depois, quando aquele homem bonito e moreno, olhando fundo nos olhos dele de dentro da televisão, tinha dado a notícia; com muito respeito e sem fazer bulha. Grande novidade ela não era, era de espantar então que produzisse espanto daquela forma como se fosse a notícia menos esperada do Brasil. A mulher começou a chorar loucamente e ele mesmo tão fora do sério ficou que se abrisse a boca não responderia por si, foi procurar café na cozinha.

Pensou então com rapidez vertiginosa nas mil vezes em que tinha visto o Santo Homem na televisão. Primeiro nem dera muito por ele. Era baixinho, meio corcunda, barrigudo, tinha olheiras fundas, careca. Depois, como aparecia cada vez mais, começou a prestar mais atenção. Era impressionante como não se atrapalhava com as palavras, os repórteres podiam perguntar qualquer coisa, qualquer coisa do mundo que ele assim que a pergunta terminava começava a resposta; as respostas saíam de sua boquinha engraçada, sem se atropelarem, sem atraso, sem erro, sem engano, uma após outra, uma após outra, uma após outra. Depois, quando o Santo Homem caiu doente foi aquilo que se viu. Na televisão entrava médico, filho, político, o próprio homem sorrindo, o próprio homem de antes da doença, o homem na doença sentado num sofá ao lado da mulher e do médico, posando para uma foto com jeito de foto de família. Ele trazia um sorriso meio vago e idiota, assim pareceu quando a foto começou a repinicar na televisão e nos jornais. Depois se entendeu: era santidade pura. E vieram as entrevistas de muito antes, de quando o Santo Homem ainda não estava no Instituto do Coração e ninguém sabia da sua santidade. E ele dizia coisas que o Consertador de Tudo ouvia com muita, muita atenção, para aprender e fazer igual. De onde lhe vinha tanta saúde? E o Santo Homem respondia: tenho por hábito depois do banho tomar uma ducha gelada. Alimenta-se bem? E o Santo Homem dizia sim e falava de uma certa farofinha, um certo tutu de feijão, coisas que apreciava muito. Médico só o seu, antigo, de confiança, que visitava vez por outra mais para dar notícia da saúde, quando aproveitava para comentar algum incômodo antigo, sem importância, também de confiança. E a televisão mostrava de novo o Santo Homem andando por toda parte do mundo, conversando com os grandes, os grandes eram grandes também no tamanho, mas o Santo Homem lhes passava por entre as pernas com desembaraço, mal erguia a cabeça, parecia como sempre estar procurando um alfinete ou fósforo perdido no chão, e dizia coisas sem cessar para os grandes com aquela sua boqui-

*16*

nha engraçada, e sorria de um jeito só seu, e os grandes se abismavam. Grandes Bobos eram o que eram.

O momento em que o Santo Homem começou a morrer não se sabia ao certo. As televisões, os jornais, fuxicavam que ele já estava começando a morrer quando conversava com os Grandes Bobos. Quando tomava sua ducha gelada, comia sua farofinha, seu tutu de feijão. Que absurdo diziam outros: ele só começou a morrer quando se sentou para aquela foto estapafúrdia com aquele sorriso esquisito que não se sabia ainda que era santidade. Os repórteres contaram que presos nele e bem escondidos atrás do sofá havia muitos fios fazendo o seu sangue correr por dentro do corpo, seu coração bater, suas águas não fugirem para fora. No tempo em que ele não parava de falar (e como falava bem!) ele sempre olhava para o chão como se procurasse um alfinete ou fósforo perdido, mas naquela foto ele estava mudo — não mudo como as pessoas são obrigadas a ficar nas fotos —, mas diferente, já não olhava para o chão, olhava para a frente com aquele ar, meu Deus do Céu, aquele ar! Olhava para fora da vida e naturalmente mesmo de dentro da foto tinha se calado para escutar e enxergar o lado de fora da vida, que era diferente de tudo o que se podia imaginar.

Um dia, numa das muitas vezes em que o Santo Homem saía e voltava a entrar na sala de cirurgia de maca, disseram que ele havia falado a alguém segurando-lhe a mão (mão de repórter, na certa, tinha observado a mulher do Consertador, mas este não estava assim tão seguro): eu não merecia isso. E agora, hoje, lembrando a frase, o Consertador de Tudo reconhecia que mesmo um homem santo tem seus limites. Que ninguém é de ferro. E seu coração se apertou.

*17*

Ele corria como podia na direção do Ibirapuera, muita gente ia junto, seu coração estava apertado de dor e sua boca amarga com gosto de cigarro velho, acendeu dois cigarros, um depois do outro para tirar o gosto, não largava a maleta e estava com medo de perder a hora. Se embarafustou por um dos portões do Ibirapuera ao lado da República do Líbano e continuou apressado.

Ali atrás de um matinho de bambus ele escutou um barulho. Deu uma ligeira parada já sem fôlego e espiou entre os bambus. No chão, sobre a grama, um casal se amassava de uma maneira particular, como se fossem duas almofadas viventes, dois bonecos de ar e de plástico vendo qual estourava o outro primeiro; sem nem por um momento deixar de bater firme, mexiam-se com incalculável leveza de lá para cá. Ele ficou um pouco tonto, esqueceu naquele instante o que fazia no meio do parque num feriado nacional com a maleta de serviço na mão. Depois, a sua alavanca lá embaixo no meio das pernas deu um pequeno salto como se quisesse avançar por conta própria, mas ir em direção a quê? Ficou muito alegre de repente e mais ainda sem fôlego, seus dois ovos cantarolavam, só que não era hora de fazerem nenhum omelete, ah seus pivetes, seus malandrinhos! Dois pares de olhos rancorosos o estavam espiando de volta lá do chão. Ao redor, ficara tudo agora tão quieto, até demais, as folhas de grama e de mato por ali, espetadinhas e alertas como pequenas criaturas verdes à escuta, à espera de que a função continuasse. Ele recuou, quase caiu, virou-se num repelão e retomou a direção da avenida Pedro Álvares Cabral, para os lados do obelisco aos Mortos de 32, da Assembléia Legislativa, do Departamento de Trânsito, por onde iria passar o cortejo levando o corpo de Tancredo

Neves para o aeroporto, que destino, pensou impressionado.

O povo achava-se apinhado e se acotovelando perto do meio-fio, separado da avenida por cordões, e eis que o cortejo já apontava ao longe na avenida Brasil. Ele foi se embarafustando, abriu caminho com o seu corpo magro e conseguiu chegar perto dos cordões. Lá vinham! Todas as cabeças estavam voltadas para aquele lado. Vinha gente a pé e gente de carro portando faixas, bandeiras. Passou um caminhão com faixas enormes que iam de ponta a ponta do veículo, as pessoas de pé e de braços abertos traziam os queixos erguidos, olhavam adiante algum ponto perdido entre o céu e a avenida. O cortejo agora avançava lentamente, quase parava, o carro fúnebre com a bandeira brasileira por cima veio vindo, chegou, foi passando. Mas o automóvel logo a seguir, com homens de ternos e gravatas escuros atrás dos vidros erguidos até em cima, foi que chamou a atenção do Consertador de Tudo. Olhavam de olhos arregalados para o povo apinhado no parque. Não faziam qualquer movimento, só o automóvel lentamente se movimentava levando-os, todos de escuro, os pescoços torcidos para o lado do parque onde a multidão era maior. O Consertador de Tudo lembrou-se de quando uma vez havia ido passear no Simba Safári no jipe de um feirante amigo e tinha sido assim. Eles dois haviam se fechado no jipe que se deslocava muito devagar e a todo momento tinham a impressão de que os leões sentados preguiçosamente na relva, soltando longos bocejos, iriam se levantar e dar taponas nos vidros. Esperavam por isso. Mas havia leões que até dormiam e outros que lhes davam o traseiro abanando-lhes a cauda com desinteresse. Não que aqueles entre os quais se encontrava, acotovelando-se à passagem do cortejo, lembrassem leões dorminhocos. Pareciam antes macacos espertos, cada um cavando o melhor lugar para si. Nem ele e o amigo do jipe estavam naquele dia do Simba Safári de gravata e ternos escuros. Traziam camisas floridas abertas até quase a barriga e tomavam pausadamente em pequenos goles a cerveja gelada de lata. Mas o Consertador de Tudo lembrava-se de como olhavam para fora do jipe de um jeito que deveria ser igual ao daqueles homens de escuro com os olhos grudados nos que se amontoavam no meio-fio. O cortejo percorreu a avenida Pedro Álvares Cabral tomando o rumo da avenida Rubem Berta. O povo dispersava-se aos poucos, o Consertador de Tudo olhou o relógio e foi caminhando de volta pelo parque na direção de seu compromisso em um prédio de Vila Nova Conceição. Impressionante, não? Comentou uma mulher velhusca ao lado. As pessoas falavam umas com as outras, ele seguia ao lado da mulher, ela lhe disse, nunca vai ter outro homem assim. Ele concordou com um aceno, sorriam agora um para o outro mas a todo momento sacudiam desconsoladamente a cabeça espantando o sorriso para mais adiante voltarem a sorrir, era uma mulher gordinha, de tailleur azul-marinho e cabelos brancos com tintura azul, uma mulher com a qual ele nunca pudera imaginar que haveria de estar passeando pelo Ibirapuera, conversando, ela devia ter saído de um dos casarões da própria avenida, era do tipo de mulher que o Consertador de Tudo encontrava muito quando ia a serviço e que costumava ficar do seu lado, calada, só apontando com o dedo o defeito, o quebrado. Sabe, lhe disse a mulher, ele devia era ser enterrado aqui, em São Paulo. Mas era mineiro! lembrou o Tudo. Nem por um instante esqueci o fato, disse a mulher, mas foi aqui em São Paulo que sofreu o martírio! — Isso foi, disse o Consertador, e agora está indo para Minas. Não agora, falou a mulher, e chegou bem perto dele: vai antes para Brasília, onde tudo começou! Acho ridículo, disse o Consertador de Tudo com um à vontade que mesmo a ele espantava, passar por Brasília antes, é como um amigo meu que faz trabalho externo na Prefeitura mas tem de ir todo dia na repartição assinar o ponto; passar por Brasília só para lembrar que era presidente? — Quase presidente, divergiu a mulher do cabelo quase azul. — Se é para ir para Minas, por que não vai então de uma vez? É a casa dele!, teimou o Consertador de Tudo. — Antes ficasse aqui, suspirou a mulher. O senhor viu esse nosso povo que educação, como respeitou a passagem do cortejo? É, concordou o Consertador, só choravam. — E eu também não chorei? disse a mulher. Veja os meus olhos. O Consertador de Tudo olhou bem de perto o rosto da mulher com o seu cabelo meio azul puxado para o alto e afirmou com segurança, a senhora chorou, estou vendo. Pois se não faço outra coisa há duas semanas, e ontem então. Os dois continuavam pela grama do parque, o Consertador de Tudo diminuía o passo para a mulher não ficar atrás e ela acelerava o seu. Ele sentia pela mulher uma amizade tão grande, mais forte do que sentira tempos atrás pelo amigo feirante dono do jipe. Era como se ele e ela conhecessem tudo sobre o Santo Homem, e quando diziam, o Tancredo, por que o Tancredo, sabiam muito bem do que falavam. Despediram-se. A mulher ainda repetiu, ele devia ser enterrado em São Paulo, no cemitério da Consolação onde está enterrada a marquesa de Santos, depois de tanto sofrimento merecia; quando chegar em Minas vai ser um deus-nos-acuda porque o povo de lá assistiu ao martírio de longe, não vão se contentar em chorar, pode até sair gente pisoteada, amassada, ouça o que eu digo. O

Consertador de Tudo pensou no que vira atrás do pequeno bambual ainda há pouco, distraiu-se nas lembranças. Bem, vou indo, repetiu a mulher, bom dia para o senhor. Estou desesperado! gritou-lhe o Consertador de Tudo do seu jeito rouco de quem sempre gritou para dentro e jogou para dentro do coração muito fumo, como se a quisesse segurar um pouco mais ao seu lado conversando sobre o Santo Homem. Não se desespere! respondeu-lhe a mulher já se afastando, a voz apertada de quem tira rapidamente lições do mundo cortando-o com os dentes em tiras finas e as devolvendo em seguida com rapidez ao próprio mundo. Foi a vontade de Deus!

O Consertador de Tudo atravessou a avenida República do Líbano de volta e foi caminhando por ali atrás do número que procurava. Parou diante de um prédio comprido, circular e estreito como uma chaminé, de tijolos entre rosa e ocre, com muitos vidros esfumados. Mas já há muito ele não mais se espantava com esses prédios que não pareciam prédios e com certas casas que pareciam navios. O senhor demorou, disse o moço ao lhe abrir a porta, e foi fechar a tevê. Tinha barba e cabelos encaracolados e usava uns minúsculos óculos sem aros, perfeitamente redondos. — Minha patroa não lhe avisou que eu tinha um outro chamado antes? estranhou o Consertador de Tudo, entrando, pisando com gosto no tapete macio. É, disse o moço, mas assim mesmo cheguei a pensar que não vinha mais, o senhor veio a pé? — A bicicleta estava tendo problema na direção por isso ficou em casa mas costumo circular nela por aí, e disse circular desenhando círculos com a mão no ar, de um jeito que levava alguém a pensar antes num artista de circo, num malabarista, ou em um dos freqüentadores do parque do Ibirapuera, entretidos em exercitar cabriolas perigosas e proibidas;

*22*

tanto que o moço comentou: É um esporte ótimo para o equilíbrio e a musculatura das pernas. E ainda disse: Eu não ia incomodá-lo em um dia de feriado nacional (que dia, abanou a cabeça o Consertador de Tudo), mas me contaram que para o senhor não existia nem domingo nem dia santo; que o senhor é incrível, conserta tudo que se põe na sua frente. Bem, comentou o Tudo: tudo, tudo... não vamos exagerar. Bom, disse o moço, de qualquer forma acho que não é tão complicado assim. A minha Olivetti quebrou no meio de uma redação, sempre é o mesmo defeito, o espaçamento não funciona, o rolo não gira, e quando mando para o Serviço Autorizado eles devolvem só depois de duas semanas, fazem o diabo com ela, inventam serviços que eu não pedi e no fim falam sempre no Tirante da Entrelinha. Ora, ora, acalmou-o o Consertador, uma limpeza vez por outra não acho ruim, agora exageros não são comigo. O senhor usa muito a máquina? Sou arquiteto, disse o moço, mas escrevo também artigos sobre arquitetura, a vida na cidade, dou aulas, e tudo o que escrevo é com essa máquina. Oh, disse o Consertador de Tudo, então esse prédio é do senhor? Fui eu que o projetei mas não é meu. Muito, muito bonito, elogiou o Consertador de Tudo, muito bonito e muito moderno; diferente dos outros; quero dizer, diferente de uns, parecido com outros. Ótimo, disse o Arquiteto com uma ponta de irritação na voz, mas logo se corrigiu e comentou com urbanidade (à medida que ia limpando a sua mesa de trabalho, retirando livros e papéis, para o Consertador poder começar o serviço): enquanto esperava o senhor chegar procurei verificar se dava para ver daquela janela o cortejo passar mas acabei abrindo a televisão, da televisão sempre se enxerga do melhor ângulo. E quando terminou a frase, pelo olhar do Consertador, que deu um passo à frente como se fosse falar, e outro atrás, como se tivesse se arrependido, o Arquiteto entendeu que ele, Consertador, tinha estado vendo passar o corpo de Tancredo Neves para fora de São Paulo, ao vivo. Ficou desconfiado, pensou por sua vez o Consertador de Tudo. Não gostava de começar um conserto debaixo da desconfiança do freguês, fosse de qual tipo fosse a desconfiança, e foi sua a vez de sentir uma ponta de irritação mas logo se corrigiu: o senhor mora aqui sozinho? Daqui a duas semanas me caso, revelou o Arquiteto sorrindo, mas até lá..., minha diarista também não veio, hoje estou só, não a culpo, a morte do Tancredo, deve ter sido isso, e olhou nos olhos do Consertador de Tudo para ver se ele abria o jogo, mas o homem ficou pensativo, a morte do Tancredo; e pelo seu rosto macerado, de diversos tons sombrios, abateu-se um novo tom escuro cobrindo os demais, como a breve sombra de uma asa de avião varrendo a terra quando o avião corre baixo no céu sob o sol, abrigando por vezes um morto entre os vivos; como aquele que em Congonhas iria levantar-se do chão com o corpo do Santo Homem, sob o barulho ensurdecedor das turbinas, apontando com a grande face metálica voltada para o sol — o Reino de Deus.

O Consertador de Tudo começou com segurança a desmontar a máquina, envolto numa nuvem de fumaça de cigarro. O Arquiteto apoiou o cotovelo na janela e ficou olhando para fora, um pouco para deixá-lo à vontade, um pouco para respirar o ar limpo de abril, nesse dia de um luto claro de feriado nacional. Por vezes volvia levemente o rosto procurando fisgar com o canto do olho como estaria indo o serviço e então a luz de fora, batendo-lhe nos óculos, virava-os em duas lágrimas graúdas, refulgentes, perfeitamente redondas, não lhes desciam pela face nem secavam. Se acontecia de o Consertador de Tudo voltar-se para a janela em um daqueles momentos, seus olhos batiam então em cheio nos dois pontos de luz suspensos de cada lado do nariz do Arquiteto. Se os fosse tocar com as mãos sujas de graxa tinha a certeza de que lhe desmanchariam nos dedos em água e sal. Os seus próprios olhos ardiam de fumo mas não só de fumo e pensar que o Santo Homem teria de bater ponto em Brasília antes de ir para os braços dos seus; longe, onde havia de estar uma mulher muito fina, também no falar, que iria olhar para baixo do alto, de uma das janelas mineiras, e exortar a multidão a ter muita calma: Meus filhos! Cuidado! — Diria também a intervalos: Tancredo! Tancredo! — O enterro será na sua terra natal, uma cidade histórica, lhe estava informando o Arquiteto e começou a recitar, com a voz um pouco fanhosa, as histórias e os tesouros de São João del Rei, quando, tendo-lhe o rosto se voltado inteiramente para dentro da sala, as duas lágrimas nele se apagaram quietamente. Mas o Consertador de Tudo apenas via a mulher, Risoleta, enfeitada e sofredora à janela de um segundo andar, ele já a conhecia da televisão, vira-a muitas vezes nos últimos tempos portando enormes óculos de sol, lembrava-se particularmente dela em uma missa repleta de autoridades, pouco antes do dia marcado para a posse, quando o Santo Homem a seu lado (e sem que ela desse conta do fato), com a cabeça muito abaixada — pensara-se então que para melhor se devotar (disfarçando modestamente os altos pensamentos) às intrincadas causas brasileiras e às de Deus —, havia, com as mãos cruzadas na frente, segurado cautelosamente a barriga. Sabia-se agora que a morte, como uma ratazana pestilenta, já ali se escondia, refugiando-se do esplendor da nave.

*25*

A campainha da porta soou às costas do Tudo mas este mostrou o seu empenho no serviço permanecendo do mesmo jeito; firme na cadeira só tinha olhos e mãos para a máquina. O Arquiteto atravessou a sala num passinho rápido e ao abrir a porta o Consertador o escutou dizer: ah, é você! — Uma voz forte de homem comentou: também aproveitando o seu feriado, heim? Estou vendo — e depois: obrigado pelo livro, voltou inteiro, verifique você mesmo; e que belas fotos e croquis! Invejo a sua profissão de artista. — Pelo amor de Deus! exclamou o Arquiteto, ontem expliquei que não tinha pressa nenhuma e hoje você já o traz de volta! Não quer entrar um pouco então? Não fique aí parado na porta, estou com uma pessoa consertando a minha Olivetti, vamos entrar... — À palavra "uma pessoa" o Consertador nem assim se deu por achado e continuou firme de costas. Outra vez, outra vez, resmungou a voz forte, outra hora. (Se não fosse eu estar aqui com certeza entrava, pensou o Consertador com uma ponta de orgulho. Ora! Que volte outra vez mesmo.) Porém, quando a voz forte tornou a falar não era ainda para se despedir, dizia, soube pelo zelador que você casa este mês, terá ele se enganado? Não, não se enganou, respondeu o Arquiteto. Pergunto não é por nada — esclareceu a voz — quer dizer, nada de importância, é porque talvez você vá precisar de uma empregada fixa agora, e estou justamente com uma que é muito amiga da empregada de minha sogra, pessoa de toda a confiança, você pode pegar tranqüilo (jogando conversa fora, pensou o Consertador de Tudo, não respeita o sossego dos vizinhos; tal qual prosa de portão de Vila Uberabinha; e num prédio do porte deste!), isto é, se não se importa de pegar pretas, como diria minha sogra. — Me caso com uma, respondeu brevemente o Arquiteto. Como assim? fraquejou a voz forte — e depois de uma pausa prolongada: se entendi bem sua noiva se emprega em uma empresa, é empregada de, de..., uma empregada de... Não uma empregada. Uma preta. Me caso com uma. — Aaahhh — e em seguida a outra pausa prolongada: uma de nossas belas morenas... — Moreno sou eu, moreno é você, moreno é aquele ali (mas o Consertador de Tudo, com o seu rosto sombrio de coloração irregular abaixado para a máquina, nem assim mudou de posição); uma preta, estou dizendo. Sem pinga de sangue branco. Chega daqui a duas semanas, e então vamos decidir as coisas da casa. Vem da África. — Da África vem! — a voz parecia falar solta, desassistida da garganta. — Sim, da África do Sul, estudou sociologia na moita, você conhece as coisas como são por lá. Ela é do grupo do Nelson Mandela, na prisão há séculos, luta para a sua libertação, sabe de quem se trata. Siiimmm... hesitou a voz. — Aliás, continuou o Arquiteto, um preto que é tudo menos preto, mulato claro, o que quiserem; nem por estar sofrendo cativeiro eterno, pretejou; preto é o pai de minha noiva, esse sim, a mãe, essa sim, a irmã, o irmãozinho, esses sim (e olhe que são de um povo de língua banto que não é lá essas coisas em matéria de pretura...), para não esticar, uma família de pretos; numerosa. Mas por que fica aí parado de pé na porta, não entra de uma vez Rodolfo? intimou o Arquiteto, diante do quê, a voz nomeada, tão forte de início, fraquejou mais fundo e repetiu oscilando: outra hora, outra hora. — Minha noiva é zulu! — gritou-lhe ainda o Arquiteto (e pareceu ao Consertador de Tudo que o fazia de fora da sala, do corredor, como se perseguisse a voz); e sabe o que quer dizer zulu? CÉU!

Aquela conversa animou o Consertador de Tudo de uma forma extraordinária. Assim que o Arquiteto fechou a porta trancando-a com duas voltas bem dadas, ele, sempre sem levantar os olhos do serviço, e ainda um pouco vacilante de fala na sua nova disposição de fazer confidências (adquirida tão recentemente à passagem do cortejo, junto da mulher velhusca que azulava nos cabelos), permitiu-se informar com fingido aborrecimento: veja o senhor como é a vida: já a minha patroa é alvinha demais. Filha de pernambucano que no passado se misturou com holandês, não pega sol de jeito nenhum, só sardas; avermelha mas não escurece, como ela fica zangada com isto! e o Tudo abanou a cabeça com falso desânimo. O Arquiteto foi se chegando para perto sem comentários mas o Consertador se embarafustava nas lembranças e suas mãos pela primeira vez descansaram na mesa ao lado da máquina. Viu-se num domingo de verão de há muitos anos passados, ao lado da mulher sentada de shorts com as pernas cruzadas perto do rádio de onde saía uma musiquinha esperta. A sala estava toda fechada para não entrarem os mosquitos assobiadores, e como anoitecia as luzes já haviam sido acesas e fazia muito calor ali dentro. A mulher sentada com as pernas cruzadas balançava o corpo de lá para cá. Suas pernas gorduchas eram um pouco moles e assim apertadas uma na outra lembravam, das coxas aos joelhos, um grande coração de ricota, pulsando. As carnes brancas tremiam mas ele gostava era mesmo assim, e à lembrança a pequena alavanca escondida deu novamente um salto como se fosse pular fora, o que o obrigou rapidamente a recorrer aos pensamentos tristes daquela segunda-feira para as coisas se aquietarem debaixo da mesa. O barulho que haviam feito na sua família de morenaços quando a mulher chegara com aquela fala descansada e aquela brancura toda. Como é alvinha! se admiravam — e nordestina! — contava ele para o Arquiteto, e tal como abria sua alma para o outro, assim lhe ia abrindo a máquina e mostrando os seus segredos: Tenho certeza como o senhor não sabe limpar os tipos da máquina, vou ensinar como se faz, estão sujinhos como unha de criança. De permeio conversavam um pouco sobre o Santo Homem. Com as duchas frias que tomava no fim do banho, sempre apreciando comida caseira e sem o médico da família precisar passar receita para nada, como foi lhe acontecer uma coisa dessas? admirava-se o Consertador de Tudo. Já o Arquiteto nutria sérias dúvidas sobre a saúde do Santo Homem. Olhe só aqui, dizia cutucando com o dedo uma letra do teclado da máquina, ele de perfil era desse jeito, um S exato, corcunda e barrigudinho, nunca reparou? E as olheiras! — O Consertador se abismava, não havia reparado que fosse um S. Acendia um cigarro depois de pedir licença, que o Arquiteto concedia mas sem deixar de dizer de cada vez, o senhor exagera! — Qual nada, meu cunhado diz que sou movido a fumo e café forte, se parar caio! respondeu numa das vezes o Tudo, e o Arquiteto então prometeu que logo iria preparar um cafezinho para os dois, depois do que conversaram longamente sobre cigarro e café forte. Finalmente o Consertador de Tudo confessou que no caminho para chegar ali ele não havia resistido à tentação de fazer um desvio para dar uma espiadela no cortejo levando o Tancredo Neves pela avenida Pedro Álvares Cabral, o Arquiteto o que pensava da idéia? O Arquiteto deu uma resposta à altura: Fez muito bem, disse, é um espetáculo que não se repete — e em seguida, limpando na fazenda da camisa as lentes dos minúsculos óculos redondos, considerou: Então viu mesmo passar o caixão... — Do caixão só cheguei a ver pedaço mínimo porque vinha embrulhado na bandeira brasileira, mas o que me deu uma impressão ruim foram os que vinham logo atrás num automóvel. Hummm..., família? — Olhavam para a gente... — E o Consertador de Tudo vacilou. E então? impacientou-se o Arquiteto; olhavam como? — Olhavam como... — Aí na certa o Consertador não encontrou a palavra buscada porque debruçou-se mais sobre a máquina. Então, então, muito tristes? — insistiu o Arquiteto passando a mão na barba encaracolada. — Muito... nem eu sei bem o quê... — hesitou o Consertador soprando fala e fumo para dentro da Olivetti. — Mas o que vocês todos estavam fazendo ali, que espécie de zoeira afinal de contas? — o Arquiteto parecia desgostoso com a própria ausência, e ocupada por testemunha tão insatisfatória. — Como vocês estavam afinal, aos gritos? — Quietos, esclareceu com uma ponta de orgulho o Consertador; o cortejo chegava lá da avenida Brasil muito devagar, povo, automóvel, gente de caminhão, e eu pude ver bem quando passaram, o automóvel de trás vinha com os vidros fechados até a tampa, nem sei como se respirava lá dentro, e eles olhavam para fora de um jeito... confesso ao senhor que cheguei a perder a atitude... — E o Consertador, para desviar a própria atenção e a do Arquiteto dos homens encerrados no automóvel com as cabeças viradas teimosa e fixamente para o parque do Ibirapuera, deu um pequeno inesperado tranco na máquina e a deixou de pé. A Olivetti e o coração iam juntos naquele processo de remeximento do que traziam dentro, mas ele já agora se desviava dos homens de escuro (rolariam por qual céu ou estrada do país naquele exato momento, teriam se perdido do cortejo talvez) para encarar de frente o fim do serviço. Até o momento tinha se ocupado só com a limpeza e os ajustes, porém eis que chegara a hora do Tirante da Entrelinha. — De uma vez por todas o que é o Tirante da Entrelinha? —

lhe havia perguntado minutos atrás o Arquiteto batendo aborrecido com as costas da mão num papelucho timbrado, enquanto ele, Tudo, desaparafusava aqui e ali para melhor parafusar depois. — Veja, continuara, leia na nota fiscal, é o que sempre escrevem os do Serviço Autorizado: colocação de um novo Tirante da Entrelinha; peça nova e mão- de-obra, preço cobrado em separado. O que é esse Tirante, se posso saber? — Isso havia se passado um pouco antes de a voz que atendia pelo nome de Rodolfo se fazer ouvir pela porta entreaberta. Na ocasião o Tudo o acalmara: vai saber logo mais. E agora finalmente tirava o estojo da maleta de serviço e o abria.

Que ridículo era o Tirante da Entrelinha! Pequeno, uma pecinha de nada, um anzol de fio de cabelo, uma bobagem; e o Consertador de Tudo segurou nos dedos manchados de graxa, com extrema delicadeza, a Coisa Insignificante, erguendo-a contra a luz da janela como uma hóstia para o Arquiteto poder examiná-la bem. Depois, baixou a mão e realizou o serviço com atenção concentrada e lentidão respeitosa, mas todo o processo não durou mais que segundos. O Arquiteto estava simplesmente maravilhado; e furioso. Sim senhor, o Tirante da Entrelinha, ora vejam, quem diria; calou-se logo após, no que foi acompanhado pelo Consertador de Tudo. Sem exteriorizarem um para o outro o que continuavam pensando do Serviço Autorizado, assim permaneceram de olhos fixos na Olivetti, guardando o minuto de silêncio. Em seguida o Arquiteto convidou o Consertador a ir com ele até a cozinha para o café combinado, o que este aceitou de pronto, pedindo contudo licença para antes lavar as mãos.

Porém durante o café, com o ar limpo de abril entrando pela janela, entraram de volta, farfalhando levemente como folhas soltas de jornais, a vida e a morte do pequeno homem. Para muitos, um Santo; para outros, um Sestroso, um Fala-Solta; para outros ainda, um Sábio, um Político, um Ilustrado, um Mineiro, um Doutor, uma Raposa Velha; Estafeta da Redemocratização para os invejosos, e havia também os azedos e desencantados que o chamavam simplesmente de Coisa Insignificante, sem poder contudo evitar breve recuo supersticioso seguido de arrepio na espinha, como se nele, pequenino, figurasse a redondeza leve de estearina da hóstia erguida na consagração. Dúvidas, dúvidas, dúvidas; e assim, pequenino, testa abaulada, com aquele engraçado nariz virado para cima, o que pensar dele para Presidente? É verdade que havia o caso anterior, antigo, do dr. Getúlio Vargas, cuja figura também não combinava com os altos encargos e a envergadura das estátuas, e do qual até hoje se falava pelos cotovelos e pelos contrários, não se tirando nada a limpo completamente. Ele foi amigo do Getúlio, ocupou cargo nos tempos dele, mas antes lhe fez oposição, na ditadura, informava o Arquiteto, e o Tudo fazia sim com a cabeça, sabia que era um dado a mais para não se pôr de lado, sim, dava importância à informação. E na certa àquela mesma hora em que o Arquiteto e o Consertador de Tudo tomavam o seu café forte, os dois de pé, comentando o caso (pois como pensar e falar muito tempo de outra coisa qualquer), no Brasil inteiro também se murmurava, bisbilhotava, recordava. E se dizia que no Instituto do Coração, os homens de branco haviam aberto o relógio da vida de Tancredo Neves e virado os ponteiros para trás, para prender a sua alma na engrenagem, soltando-a só no domingo, dia do aniversário da morte de Tiradentes. Certo, aventava o Arquiteto pensativo, para aniversariarem juntos, certo, mas aqui, aqui da Terra (não do Alto, como quer o senhor), para as comemorações irem juntas, dando cada uma maior força à outra. Porque, veja o senhor, e o Tudo via sim, encostado na parede de azulejos amarelos: — O cortejo veio vindo pela avenida Brasil, passou pelo monumento às Bandeiras, pegou a avenida Pedro Álvares Cabral, passou pelo obelisco aos Mortos de 32, são datas, percebe, tudo são datas e nomes por esses lados do mundo; ainda assim confesso que tive muita pena, muita; muita! Punha esperança na coisa toda. — Não se desespere! consolou-o o Consertador pensando na mulherinha do parque cujos cabelos brancos irradiavam luz azul! Deus quis! — Não tenho por que estar alegre com esta decisão de Deus, respondeu o Arquiteto secamente, e o Consertador, pelo sim, pelo não, concordou com a cabeça (sem apanhar bem no ar o que o Arquiteto pensava de Deus), pois a última lembrança que um freguês deve guardar de um consertador tem de ser a melhor, a ótima das ótimas, para chamar de novo.

Terminado o café, e assim a visita, ao voltarem para a sala, o dia mostrou-se ao Consertador de Tudo com desalento; um coador murcho lembrava, esvaziado de si. Aquela segunda-feira iniciava uma semana tão diferente das outras dos últimos tempos. A companhia telefônica de São Paulo, a Telesp, não iria mais dar várias vezes ao dia os boletins da saúde do Santo Homem como se fossem os boletins do tempo, como no rádio ao cair da noite as ave-marias. Não eram os boletins da saúde afinal, eram os boletins da morte, mas disso não se tinha conhecimento então. Se tivessem todos prestado mais atenção naquela fotografia com o Santo Homem sentado de pijama e roupão no quarto do hospital de Brasília, olhando para a frente e por cima da cabeça dos brasileiros com aquele sorriso esquecido na cara, só Deus sabe para onde, só

Deus sabe para onde!, teriam guardado distância, escutado menos vezes a Telesp, não teriam criado hábito. E o hábito era um negócio danado de feio que quando arrancado sem cerimônia de uma pessoa podia arrastá-la consigo; só Deus sabe para onde; só Deus sabe para onde.

Já na porta de saída o Consertador de Tudo acendeu um cigarro e se encostou no batente, assim um pouco inclinado balançando a maleta de serviço com a outra mão; meio torto e desabante como alguns dos barracos da favela do Uberabinha erguida ao lado do córrego do Uberabinha, mas não sem a elegância de certas velhas casas das regiões mais distantes dos Jardins (...Europa, arredores) com suas paredes de pedra gasta, sombria, de coloração irregular, seus telhados pontudos de duas águas esperando pacientemente o dia em que nevasse em São Paulo.

Por isso sabia como lidar com as palavras finais de um encontro daquele tipo, mas esse tinha sido um encontro muito especial pelo fato de o dia ser o dia que era, e ele caprichava jogando as palavras com displicência para o alto como se fossem fumaça, deixava um pedido no ar, sem insistência, como o fumo azul indo embora, se o doutor Arquiteto tivesse a bondade, fizesse o favor de recomendá-lo aos conhecidos, aos vizinhos, como aquele que ainda há pouco batera à porta, mas aí o Arquiteto soltou uma exclamação que o assustou, teria a bondade, sim, lhe faria favor, sim, *não* dizendo *uma* palavra sobre ele ao outro, era um carrapado, um cacete de marca, na certa ainda por cima seria mau pagador. Então não havia percebido como tinha precisado espantá-lo com a história da África para pô-lo a correr e ver se desencantava de vez?

Como assim? chegou a perguntar o Tudo, abismado, mas logo calou o seu espanto meditando: o Arquiteto então havia mentido sobre a mulher que chegava dali a duas semanas para casar, ele não sabia até onde ia a mentira; mas da própria mulher, da sua, o que dela dissera também não combinava com o que era; pois a que havia chegado de Pernambuco tão alvinha a ponto de surpreender a sua família, e na certa ter provocado a admiração do Arquiteto, na contagem dos anos foi tendo a pele aos poucos encoscorada como chapa coberta de ferrugem. Sim, sim, sim, estava o Arquiteto esmurrando o batente, não me dá sossego, é aposentado do serviço público, não tem o que fazer, e o senhor acha que se tocou com a morte do homem? (...santo, santo, santo, se permitiu acrescentar baixo o Consertador, numa jaculatória, pois aquele havia sido um dia realmente diferente dos outros, de espetáculo único como bem dissera o próprio Arquiteto, que não se repete, e ele o tinha podido admirar ao vivo, parado no meio-fio da avenida, mas não o freguês à sua frente, destemperado). O carro mortuário seguido dos outros ia passar novamente à noite na televisão, e amanhã, e depois, porém ele havia feito um largo desvio pela grama do parque, quase sem poder respirar tão depressa ia, o seu coração até agora apertado no esforço, bem lhe dizia a mulher que ainda ia morrer do fumo jogado em cima, sabia que perdia a respiração todos os dias um pouco, que principiara a perdê-la mais naquele dia sobre a grama do parque, com o verde por baixo dos pés e o amarelo do sol por cima, cada vez mais ia ficando sem ar, ele o ia perdendo com as coisas que se perdiam lhe passando diante dos olhos escancarados, uma atrás da outra, vagarosas — como passa um cortejo.

# GRIPE ESPANHOLA

Guardo junto com o pescado fresco aquele olhar de peixe morto. Era o de minha patroa, então menina, naquele ano de 1917, um ano antes da Gripe Espanhola. Assim se faz a memória, juntando — não me escandalizo, é do seu gênio — coisas descabidas: a gripe que levou minha futura sogra, o olhar morno que incendiou minha alma, naquele dia, perto do canal, em Santos, na praia do José Menino. Que olhar sonso, que magreza mentirosa, comprávamos pescado fresco, a família dela e a minha, da mesma barraca, do mesmo homem. Olhou-me e as pálpebras se abateram, os peixes perdiam, pela mão do homem manejando a faca, a prata que lhes viera pela água. Logo namorávamos junto com o tique-taque do relógio daquela casa da praia de um tio dela, amigo de meu irmão mais velho. O pescado fresco estava sempre à mesa; variava o molho, o modo. Não tinha perigo, era fresco. Coma dizia minha futura sogra — ela que ainda viveria por um ano inteiro — em Santos, paulista que desce de São Paulo só come peixe, tem muito fosfato, já os praieiros preferem uns molambos de carne vermelha, veja que gente amarela. Como as pálpebras da filha podiam se abater de um jeito seu enquanto a conversa andava, e deixar o olhar pas-

*37*

sar por baixo, feixe de luz de lamparina sob a porta no negrume da noite, fio de água salgada que do mar me vinha. Aquário. Areia. Minha nega sabia sem saber como o amor se fabrica. Foi. Quando um dia a espinha de um robalo levou-lhe o tio, de engasgo. Ele lutou com a espinha. Por timidez e orgulho, para não dar espetáculo, trancou-se no banheiro e de lá rugiu. Implorávamos que abrisse a porta. Em vão. Quando se rendeu o vimos no umbral, tinha a pele muito branca cheia de pintas vermelhas como um sarampão de infância abatendo-se do alto. Respiração nenhuma. O fim. E o da casa, vendida para pagar o que devia aquele bom homem que comeu peixe trinta anos seguidos para morrer também ele pela boca. Fez-se o namoro mais difícil sem lugar certo e compadrio, mas os intentos do Todo-Poderoso arrastaram no ano seguinte, das sobras da Grande Guerra na Europa, a mortalha da minha futura sogra. Em 1918 a Gripe Espanhola ceifou neste mundo de São Paulo, do bom e do ruim; não preciso cismar quem merecia — Deus-é-Rei-dos-Mortais. No mesmo ano pedi a mão da órfã de mãe antes do tempo acertado pelos costumes, e o pai, com um gemido disse sim, tão baixo, não o diria tenho certeza se minha futura sogra — sempre futura como o quis a sorte — ainda andasse por aqueles lados respirando ruidosamente como sempre fazia. Essas recordações guardo no papel de seda da alma. Minha patroa, ela também tendo se ido por sua vez ano atrasado, gorda, forte, barulhenta, por isso, quem diria, uma surpresa o seu passamento durante a noite no silêncio. Daí me foi libertada a caixa das relíquias, a menina franzina dentro da fartura, o pescado fresco todo dia e o olhar de peixe morto prometendo pecados doces escondidos no aceite de casamento. Foi assim. Me lembro.

Já o que deslembro não me derruba. É breu.

# UMA SENHORA

Não soube mais como sentar em uma sala, a Senhora. Havia no chão almofadas a um canto, as roupas não facilitavam. Já com roupas mais leves, soltas, de inspiração hindu, em outra casa, viu-se às voltas com uma cadeira de espaldar alto — da Finlândia — sem almofadas, cuja bela curva de madeira polida evocava um escorregador de marzipã. Por ela se foi ao chão com o prato que trazia apoiado nos joelhos ligeiramente abertos e cobertos pelo tecido de finos bordados e transparências evocando templos, pássaros. Não se deu por achada, ou perdida, nesse mundo que lhe escapava cada dia com o mesmo andamento discreto de água saindo pelo ladrão. (Um mundo que exorbitava mas mantinha o nível, seu, dela.) Animou-se, mesmo em Finados, a ir ao cemitério de *underwear* que — conforme corria nos pontos de moda — devia ser usado por baixo da blusa, sim, mas de forma a se mostrar ao ar livre (sem escândalo). Uma peça (ou peças) ainda ontem do pudor feminino, e que agora — mais rica, mais elaborada — exercitava seu gosto em estar de bruços à janela do mundo, e exibir sua nova face na língua de Shakespeare, ainda que para os defuntos.

Um *pinscher* castanho-caramelo com finas orelhas espetadas de veado novo soltou-se da corrente e a dona lhe foi atrás. A Senhora solícita também corria com o *underwear* iluminado pelo sol e espancado pelo vento, pulava pequenos jazigos, canteiros — ia leve e desencarnada. Ao termo, encurtando a distância entre duas alamedas com mais um pequeno salto, cortou a frente ao cãozinho levando-o a correr de volta à dona, com quem houve troca de sorrisos e olhares cúmplices.

Uma mulher mais jovem que a Senhora — dedos grossos e manchados de cera das velas na devoção ao túmulo de Sant'Antoninho Marmo, e úmidos dos restos de flores amarfanhadas — aproximou-se, então, e em voz baixa, lacrimosa, alertou-a ao ouvido que sua blusa se achava desabotoada de alto a baixo, "deixando ver tudo". — Licencinha — soprou-lhe em seguida —, permita-me que eu lhe dê uma ajuda. E com grande maestria começou com a mão esquerda o serviço. Era canhota e desde pequena se recusara a treinar a direita para as tarefas que a esquerda tão bem cumpria e Deus lhe havia determinado ter como ferramenta. A Senhora, havendo recuado um pouco, assustada, perplexa, deixou porém, depois de certa hesitação, que junto com o *underwear* submergisse a explicação que trazia pronta na língua, em inglês jubiloso. Pressurosamente agradeceu; e foi sincera. Pois, o que usava por baixo já havia perdido suas cores exóticas no decorrer da modesta operação, e voltava a ser apenas o pano claro de todo dia roçando-lhe a pele com a intimidade que é da natureza das peças íntimas — um pouco rugosa; devota. E era tarde. O sol também recolheu seus raios. A Senhora consolou-se.

# ZOMBARIA

Existe no parque do Ibirapuera uma velha árvore plantada à margem de um dos caminhos que circundam os lagos. Ela tem o tronco de grande diâmetro, bifurcando-se em galhos também muito grossos se comparados aos de outras árvores. A copa é farta. As raízes espalham-se e afloram à superfície da terra em um raio de uns três metros. Da sua galharia descem ainda as chamadas "raízes adventícias", com uma queda vertical regular como os ramos de um chorão, mas grossas como cordas e, naturalmente em função do peso, sem qualquer mobilidade. Parecem ser uma variante dos próprios galhos, como se esses tivessem começado um processo de dessolidificação (ou de transbordamento de si mesmos) interrompido a meio. Ou então de ter a árvore fundido-se a um chorão por uma sucessão de estados desconhecidos ocorridos há muito tempo, e gerado um terceiro arbusto lenhoso, de espécie ignorada. Todavia acha-se ela perfeitamente identificada por uma pequena placa de metal colocada no alto onde se lê: "Falsa Seringueira — *Ficus elastica*. Família Moraceae. Origem: Ásia".

À tarde, quase na hora em que o sol se põe, um homem miúdo, de uns trinta e cinco, quarenta anos, gosta de passear pelo parque, pelos caminhos que circundam os lagos. É magro, mal vestido e nesse inverno usa, sobre o suéter gasto, uma longa capa de chuva para se aquecer. Chega lá pelas cinco e pouco da tarde, e quando sai já é noite e todas as luzes se acenderam. Ele trabalha meio período como revisor em uma pequena editora e faz ainda algumas traduções do inglês. O resto do tempo aplica meticulosamente em pensar. Seja em conversas, seja em alguns poucos escritos, seja em *estado puro* como quando caminha pelo parque (e essa representa a parte mais copiosa de sua atividade). Tem a convicção de que é muito inteligente e algumas poucas pessoas, igualmente seguras da própria inteligência, com quem convive, fazem em sua direção com a cabeça um sinal de assentimento quando o assunto é levantado. Todavia, como essa sua inteligência, por circunstâncias de natureza diversa na biografia do homem, não se traduziu até então em trabalhos reconhecidos (ainda que escassos) na vida da cidade, do país (que não se dirá do mundo), termina ela, apesar da invulgar qualidade estimada entre alguns, por se assemelhar ao parque na hora do fim do dia: uma superfície de qualidade mutável, que apresenta aspectos de luz e sombra inicialmente extraordinários para, depois do sol-posto, resvalar rapidamente para a obscuridade, para uma cena de contrastes rebaixados.

Na hora em que o sol está deixando São Paulo, os lagos primeiro expandem-se dourados, logo mais vermelhos, arroxeados, de segundo em segundo mudam de cor. A cidade ao longe, iluminada, acha-se levemente apoiada na água, quase sem peso, sustentada por uma tubulação, um casario de imponderável textura, armado contra o céu. Depois, no momento seguinte, os lagos esmaecem, esvaziam-se da água cintilante, enchem-se de cinza. Nos caminhos perto dos lagos a escuridão avança, marrecos, rãs e pássaros gritam juntos, suas vozes elevam-se, é uma berraria que sobe no ar com a escuridão disseminando-se, os praticantes de cooper cruzam com o homem que anda apressado, os braços apertados contra o peito, mal se distinguem os casais de namorados contorcendo-se na beira da água, vergados com os arbustos tocados pelo vento do inverno, ou abraçados imóveis, como troncos de árvores decepadas.

As luzes do parque aos poucos misturam-se ao escuro e produzem uma luminosidade baça, estável, amarelada, onde cada volume — a lanchonete, os bancos, a ponte metálica em semicírculo, mesmo a Falsa Seringueira da Ásia — deixa de apresentar surpresas. Nessa hora o homem vai embora.

Mas antes, antes da meia-luz banal e tranqüila que se assenta na paisagem, antes da escuridão invasiva e ameaçadora que obtura e torna, por rápidos instantes, opressivos os caminhos dos lagos, antes, antes das cores extraordinárias que tingem a superfície da água com o imprevisível — quando ainda é simplesmente dia —, o homem muitas vezes detém-se e examina novamente a grande árvore copada cuja identidade, escrita na pequena placa presa ao alto do tronco, ao ser lida, joga de imediato uma segunda sombra, maior, sobre aquela estendida no chão, produzida pela farta folhagem. Nomeada, a Falsa Seringueira da Ásia perde (de minuto a minuto à medida que o homem a examina com crescente assombro) sua placidez vegetal; ganha uma natureza contrastada (armada de simulacros e alçapões), típica das sociedades não vegetais, dos grandes agrupamentos humanos, não das grandes florestas. O quê, em suma, naquela árvore deixa de ser simplesmente diferente da verdadeira seringueira para resvalar para o falso? — é a pergunta que traz na sua origem a mesma curiosidade que o homem experimenta durante as exposições nas galerias, quando estranhos e maliciosos títulos de certas obras não figurativas desmentem o alheamento de suas formas às paixões mais "baixas".

Em seguida o homem miúdo acende um cigarro e se congratula pelos pensamentos que rapidamente começam a lhe surgir e a se multiplicar a partir do exame da grande árvore: coisas assim como a natureza do valor (ou não), do verdadeiro (ou não), do real (ou não). Contudo, o seu pensamento mais rico não se acha acumulado nos poços cavados muito fundo, frescos e seguros como as adegas das casas do passado, ou preso aos grandes troncos da botânica, zoologia, antropologia, filosofia, literatura, o que seja. Os mais ricos lhe parecem ser aqueles que deslizam fulgurantes como traços de mercúrio e que exatamente pela sua condição de "pensamentos pensados em estado puro" são inassimiláveis pela própria *intelligentsia* paulistana, mesmo nos seus redutos mais escolhidos; não são passíveis de domesticação e de ir parar no papel ou em alguma conversa acalorada com o "grupo". Circulam através não das fortes raízes que se apegam à terra e dão continuidade a formas vegetais vigorosas como a desse magnífico exemplar de arbusto lenhoso gigante — correm pelas raízes adventícias, as aéreas, as originadas fora do seu lugar habitual, forasteiras, as que, por fim, descem hirtas lembrando as cordas de um instrumento não tocado. São como os ramos de um chorão petrificado e embrutecido.

# O GUARDADOR DO SOL

— E por quê?

Por nada.

Por nada. Por nada. E então se vive por nada? Como por nada? Não tem assunto bastante então para encher a vida? Se o que não falta são coisas, coisas acontecendo sem parar, uma enxurrada delas. Mesmo quando tudo parece parado, morteiro, igual a roupa no varal em dia sem vento, as coisas estão correndo por debaixo do parado as sem-vergonhas, fingindo que nem se mexem, mas num assanhamento!... É, de fato — pode ser porém que não sejam de nenhuma serventia essas coisas todas ligeirinhas por debaixo dos toldos da vida, mas isso só se vai saber muito depois, na velhice. É arrumar então na caixa da memória para ver se faz sentido. Porque se não faz nenhum, daí, como se fica? O rosto da gente é assim também, como tudo. Parado, parado. Todo dia a gente se olhando no espelho, e o rosto do outro lado respondendo — o mesmo. Mas vai daí um dia o rosto é outro. *Outro!* Estava em movimento então? Mudava? Se mudava tanto por que não dava sinal da mudança? Não avisava para o dono ir se preparando, pouco que fosse? Com meu pai foi assim. Era igualzinho a ele mesmo, entrava dia, saía dia. E uma noite, na hora da janta, e-vem o homem chegando, reparo a barriga passando primeiro pela porta do barraco, sem cabelo na cabeça, o pescoço murcho, o gogó subindo e descendo que nem ânsia de engasgo, Deus me castiga de eu falar assim do meu pai, mas não minto. Era outro homem. *Outro!* Claro, um rosto também pode mudar de repente, não só no empuxo dos anos, muda no instante, como o Navalhadas que pegou o nome pela cicatriz feia de corte de barba, quem não conhece pensa que foi de briga, ganhou muito respeito; ou como a Diva de Vila Progresso que o marido veio sem avisar e lhe fez pular metade dos dentes da boca com um soco. Ficou igual o Vampiro da Noite. (O filme sempre volta na televisão cada vez mais tarde.) O estrago que pode fazer raiva de marido danado no portal de um anjo! Às vezes também se muda repentino, mas é para melhor. A mulher ali do outro lado da rua. Mandou puxar a cara no hospital. Ficou bonita, sim, novinha, um pouco esquisita, é, meio brilhosa, mas ficou sim. Ficou. O motorista dela disse que se espirrar com força o rosto dança. Ah, essa eu pagava para ver. Mas o que é isso, não gosto quando o pensamento escapa, parece que não é da gente, vai sem rumo certo, ninguém segura, meu pai contava de uma cabrita fugida que levou todo um povo atrás dela noite adentro, segura, segura, quem diz que segurava. Lá estou eu de novo. Se me distraio pensando então não estou pensando! Estou é me embrulhando, e eu não gosto de me embrulhar por dentro da cabeça. Quero, por dentro e por fora, uma cabeça escovada, limpa! Trabalhar de guarda-de-dia é ruim para os pensamentos, o contrário de guarda-noturno menina, aprenda para não morrer sem instrução, não é só brincar com o meu piu-piu e ganhar pulseirinha, a vida tem outras belezas, sabe o que é um dilçonário? Não sabe. É um livro com todas as palavras do mundo, por isso é tão caro e eu não tenho. Mesmo as palavras feias estão nele. É como a Arca de Noé: um casal de cada, macho e fêmea — para a glória de Deus Padre no céu, êh, êh, se é a seu mando! Mas às vezes, tal qual na vida, se misturam os dois: ele, ela. (Gosto dos livros antigos como a Bíblia, são mais sérios, se aprende muito neles.) Nesse emprego a gente fica parado um tempão e os pensamentos parece que nem são pensados. Estuporados. Como tudo. Lembrei: agora mesmo estava cismando sobre caras que mudam de repente, nariz, olho, bochecha. É, e também tem coisas que mudam num pisco, que acontecem assim, zuct, e tudo fica diferente numa vida, mudado do dia para a noite: explosão, peste, raio, enchente. Jesus! Por que não penso coisa boa? Mas o que me espanta mesmo se quer saber, você que sou eu me ouvindo pensar, é isso tudo que se mexe, as coisas que caminham por debaixo dos dias parados, dos dias iguais, das caras paradonas de todo dia, e nem se sabe delas. Muito depois se olha para trás... Ah, dá uma dor no coração! Passou, passou! Foi-se embora de vez? O que passou, o quê? Você nem consegue explicar direito. Ainda sou moço mas já sei pensar triste. As coisas todas... nada. Eram... nada? Estou triste, queria outro serviço. Não sou segurança conforme a lei, não tenho registro. Não me dão porte de arma: dizem que guarda-de-dia numa rua sossegada como esta não comporta ter. Esse emprego é de muitos mandando (em cada casa da rua tem um que manda e é um patrão meu), por isso não tenho carteira assinada. Iam todos pôr assinatura? Não iam e não vão. De noite, no inverno, com o apito na boca, a arma de lado, sem ligar para o frio, eles me trazendo um cafezinho, pondo um café na garrafa para mim, me arrumando um resto da jan-

*47*

ta, me tratando *assim* na palma da mão, de medo de assalto, cada um me agradecendo mais que o outro para eu só olhar para a casa dele, direto, o olho firme sem distração — ah, então ia ser outra coisa. Me chamam para um dedo de prosa os que chegam tarde metendo o carro na garagem com o farol alto de tanto medo e eu nem aí, orgulhoso, sabendo o que faço, tudo bem, com licença, as esquinas são muitas, é aquela, e mais outra, e outra, tenho muito serviço, com licença. Me dão cachecol de lã para o pescoço, vou com o apito na boca avisando em cada esquina do quarteirão que estou chegando, faço a curva rápido com a bicicleta, vou espantando o ladrão antes dele pôr o pé na virada do muro, o travesti morto de frio com as pernas de fora se encolhe quando eu passo; êêêêeh e vou! Então não se tem tempo de pensar distraído, não foge ladrão nem pensamento, todos ali, direitinho encostados no muro, na mira do revólver. Ah, daí não se pensa como vagabundo, à toa, não se pensa o que se pensa com o calor do sol, com a rua vazia de tanto calor. Na luz esbugalhada do dia. Outra história ia ser, então. Nada de eu sempre sentado nessa sombra rala. Isso é uma cadeira? É um esculhambo. Aquilo lá em cima da minha cabeça o que é que é? Um remendo de folhas. Árvore? Puf! Cuspo em cima da sombra e dou o desprezo. Quando o sol for embora eu também vou junto. Trago ele de olho o tempo inteiro; tal qual, nos dias de meu pai em Cruz das Almas, o guardador das cabras seguindo o rebanho. Um segredo só meu; é dele que eu cuido mesmo para valer; sou eu quem vigia o sol; o resto... Eu Sou o Guardador do Sol.

# PEQUENA MULHER A CAMINHO

— Os dias do calendário não são os dias do meu futuro nem foram os dias do meu passado. Os meus dias chegam pelo ar, tão pouco firmes como aquelas férias no campo, da gente da cidade que me dá serviço. Adiante está o mata-burro; mais adiante o sítio, ora com neblina, ora com sol, ora com negrume. No mata-burro me equilibro com o feixe de lenha na cabeça e sigo em frente, a pé; sem ajuda de menino ou motor. Mas, se quebrar as canelas como um burro, sei folgar no meio do caminho e me ajeitar, mesmo com os pés no cativeiro, entre os bichos pequenos da terra que se alegram na minha companhia.

# CERTA ENGENHARIA

Estou levemente saudosa de você, engenheiro antigo, levemente pesarosa — não apenas por você, mas pelo que traz ao convívio. As moradias tinham o pé-direito alto, esquadrias altas, porões altos, mas não subiam como arranha-céus; sua altura parcelada deitava-se sob os telhados de beirais espaçosos, possuíam a qualidade do horizonte onde o olhar se deixa estar; só isso, mas não eram o horizonte; e por vezes eram prisões. As janelas traziam bandeiras no alto dos caixilhos para levar o ar às salas, ainda se ventasse muito e as vidraças ficassem fechadas. Eram frescas as casas onde havia a parceria do ar silencioso entrando pelo alto, com aquele barulhento detendo-se nos vidros. Vinham a ser o mesmo ar e o mesmo vento dividindo-se ao chegar às casas, como essas dividiam-se internamente; em cada cômodo uma luzinha perdurava para orientação. Moradias com calhas externas por onde a água da chuva ao cair, como o vento batendo nas paredes, tinha o seu barulho próprio aumentado, mais vivo. No vento chegavam minúsculos punhos anônimos forcejando a entrada, pedinchões. E com a água rumorejando nas calhas, meninos de parte alguma desciam por cordões de chuva como se por cipós, traziam o seu alvoroço.

53

\* \* \*

A miséria já era grande. Mas difícil contar os pobres por causa das distâncias vazias, dos instrumentos fracos de aferição. Pouca gente no país, se dizia, de resto, engenheiro (o país?)... uma imensidão. Falava-se como hoje que Deus é brasileiro, e diante das muitas injustiças costumava-se dar de ombros como coisa à-toa, trinca pequena.

## ARRANJOS NO TEMPO

Em um canto do jardim o menino escondido dentro da moita espiona a casa.

Dentro, na sala, o avô cabeceia na poltrona e procura a sua infância com dedos sonolentos arranhando a manta xadrez. A infância lhe aparece como certa moita com um menino dentro. O passado é um ovo verde e folhudo guardando um menino espião da vida.

Na cozinha a mulher bate as chinelas no chão, bate as panelas, taramela com os restos do sol que entram — o nariz virado para o poente.

Do outro lado da cidade estão enterrados há tempo pai e mãe. Os ossos limpos foram guardados em gavetas como os talheres depois da última refeição serão limpos e guardados.

A mulher logo irá chamar para a mesa. O avô então vai dar um pulo da poltrona, ficar muito esperto e esfomeado. O ovo verde da infância vai se quebrar e de dentro saltar o menino pronto para abrir a boca enorme e comer de tudo; e ficar depressa comprido como o futuro, onde moram o avô da poltrona e a mulher das panelas.

Mastigarão calados e irão escutar a mastigação um do outro até o fim. A mulher vai taramelar com os pratos sujos, vai olhar para a lua subindo na janela, vai lavar os talheres em muitas águas.

Limpos, os talheres serão guardados nas gavetas como os ossos foram guardados depois que pai e mãe os abandonaram.

Em mais de uma água os dias e as noites serão levados aos poucos para o outro lado da cidade — com o menino, o avô, a mulher, a moita, a poltrona, as panelas; a própria casa vai se soltar e atravessar a distância atrás deles todos.

# A PEDRA CALCINADA

À noite José Maria deita-se de lado na posição de um feto. Os joelhos tocam-lhe suavemente a testa, acordam penitências, castigos, os jogos encarniçados da infância. A testa transpira como uma fonte: jorram por ela os sonhos calados. As têmporas fazem ecoar na pressão do sangue o andar abafado do hóspede clandestino que caminha alta noite pelo corredor e se deixa escapar de madrugada como um avantesma do quarto da mãe, Maria José. A mãe vem para observá-lo se dorme, e o corpo embolado coberto pelo lençol é agora uma antiga pedra branca calcinada ao sol do deserto.

# UM ASSASSINO

Ao olhar a mulher velha sentada no banco da praça, não posso acreditar que um dia tenha sido realmente moça. Sua mocidade só pode ter sido rascunho, ou começo, para velhice tão perfeita. Assim também o moço andando rápido; sei que enxerga a sua velhice no futuro apenas como desvio, erro, talvez hipótese — e é sabido como elas falham. Sua mocidade tem a realidade e o ar dourado desse sol que se abate a pino sem piedade sobre a praça — como um assassino.

# O NADA

Ele morrido, cavanhaque em ponta espetado para o alto, do caixão. Quem o olha desconversa, pensa que sempre foi o que hoje está sendo: velho — eterno — cavanhaque. Mas antes foi maduro, o peso certo, o queixo redondo, os olhos cheios de água. E mais antes foi moço dando braçadas, mesmo durante o expediente sentia o corpo sem roupa, uma força, uma pantomima. E antes foi menino, tudo junto, lesma e estilingue. E mais antes foi criança pequena, de andar com joelho e mão. E mais antes ainda foi de colo e de berço, de primeiro sorriso, risco fino de lado na bochecha, leve tremor no canto do lábio, um pisco; uma dúvida: sorriu mesmo? Porém antes foi o choro, e antes foi o berro — engolido por um rosto em carne viva, minúsculo, os punhos fechados de boxeador da treva... para onde descia. E antes ele estava para nascer. E ainda muito antes não estava para nascer. Não estava, não estava, E não estava.

61

# O INCONSCIENTE

Quem você pensa que é? Você pode não ser quem você pensa. Dentro de você pode ter um homenzinho gorducho, desdentado e baixinho, e você é alto, magro e dentuço. E depois, ama e transa de supetão, e o gorducho sempre dorminhocando na beira do lago, como o sapo-boi (e dente mesmo que é bom...). Há quem pense (e você no meio) que o inconsciente é uma rebelião pronta a explodir a qualquer minuto, tal qual no mundo de hoje em qualquer esquina (e para valer). Mas pode ser diferente e você disso não se dar conta. Lhe falta imaginação quando o assunto é o inconsciente. Você pensa ser aquele que carrega nas costas da consciência uma mochila pesada com o risco de deixar vazar, pelas costuras se rompendo, os informes mais sigilosos. E que o nome do magruço-dentuço que é você vem a ser apenas o codinome de outro ainda mais magro (só ossos), e de mais dentes (serrilhados). Mas pode não ser assim. De forma alguma. Daí o gordinho sempre à beira do lago numa pachorra de sapo-boi é que seria o tal — o próprio. O verdadeiro da carteirinha. A identidade secreta; essa. Muito à vontade empurrando-o devagarinho todo dia um pouco pelas costas onde, na quentura do capim, você acabaria por cair de bruços como outro sapo; igual. Sem mais. Nem menos.

*A PRAIA. O MAR*

## E DA PRAIA ACENAM ÀS EMBARCAÇÕES DIMINUINDO

O amor é paisagem marinha que se recorda. O desejo tem as pontas de uma estrela-do-mar, quebradiça, e, dentro, outra estrela, menor, rememora o que lhe é maior: a praia, o mar.

Na estação seca desce o serrano para aspirar o ar salino: as conchas lhe arranham a pele e a areia queima,

Mas isso ele quer: descer aonde estão as dunas e as curvas que não são da montanha — são da água, dos rodamoinhos,

Buscá-las e trazê-las uma vez mais abertas na linha do horizonte onde passam embarcações arrastando lentamente, nos seus cascos pesados e bojudos, os gritos roucos que foram um dia o escarcéu da espuma, os murmúrios do mar — e da praia acenam às embarcações diminuindo

# A CASA DA PRAIA

Nós crescemos. E por termos crescido o verão muitas vezes se afastou e aproximou de nós. Esse o mais claro andamento do tempo; nele entram sóis e luas e o muro da casa ao lado que amanhece cedo no verão, e quando deixa de receber água por alguns dias sua superfície torna-se igual a pedra-pomes; e parece ter o peso diminuído. Crescemos — e quantas vezes o muro perdeu e ganhou peso, e o sol voltou a ser de fogo. A tristeza também passou pelas janelas como a cauda de um animal de nuvem que se demorasse apenas o tempo de embaçar o sol; sem suprimi-lo. Crescemos. E já agora não crescemos. E quando o verão volta a cada ano, surpreendemo-nos que o muro ao lado tenha se tornado a superfície onde nos encontramos reunidos, todos nós, levemente porosos e cinzentos — como pedras-pomes. Assim nos tornamos. E o peso já nos foge.

## MORTE PRAIEIRA

Praieiros não morrem de repente. Morrem com o vento por muito tempo suspirando tão tristemente nas copas dos chapéus-de-sol (as amendoeiras da praia), destelhando as casas, morrem na virada da direção do vento, do mar para a montanha, que os derruba e lhes arranca os pulmões devagarinho misturando-os com areia, estampando-lhes no rosto a sombra amarela do oceano exausto. Não de repente. Sempre há um relato vindo de trás chegando ao fim, ainda que não seja conhecido; e dele se retenha apenas o zunir do vento encapelando a água, cujo termo se perde como se perde o rumo no mar alto — como um naufrágio.

## O MAR DO MAR

Respirou a água como se fosse o ar. E pela água se deixou ir como se nela andasse, descendo, degrau após degrau, ao fundo do mar-sala-de-estar, de quem rememora a espécie com o jornal aberto nos joelhos de peixe, páginas de escuro, olhos de pasmo: atentos refletores do que é o mar do mar, não o dos homens.

Depois aos homens foi devolvido. Ao porto vinha chegando do mar aberto o grande fardo. A que reino pertenceria, perguntavam os que haviam sido um dia a sua espécie — homens que eram. Mas recebiam de volta apenas notícias do mar que desconheciam, o mar do mar, não o mar deles: o mar dos homens.

## NO INTERIOR DOS PEIXES

A vida aos poucos se apequena; inteira, já cabe na palma da mão. Lembra ali, solitária, os vacilantes tesouros da infância: uma estrela-do-mar, um seixo bem redondo, um ovo de pássaro, pintado. E mais lembra: um olho triste, sem pálpebra, sem claro de luz, sem água. A direção do olhar (e o que guarda na retina) não sabe dizer quem viveu a vida e a acolhe na palma aberta; e a examina: esse tesouro reduzido. Como é pouca, hoje; e ainda assim, à semelhança de um olho baço, de vidro ou de osso, fala das construções do homem, seus arremedos de órgãos que respiram; ou da ressonância do mar — imenso com seus pensamentos submarinos sepultados no interior dos peixes.

*ENCONTROS RESERVADOS*

## O DOUTOR EM FILOSOFIA E A MANICURA
## DE DOUTORES

Prendeu-lhe os peitos com as duas mãos nodosas e deu-lhe no corpo um giro de cento e oitenta graus. Depois abriu-a por trás como se partisse o pão do dia. Então entra nela perseguidor e atento. (Desejo sim, sem dúvida; mas muito de falseta.) Ele a persegue por dentro com os seus filosofemas; os açula como a cães de caça no mataréu: Uh! Uh! — silvos e assobios. Ela persegue o sol que é pobre nesse apartamento de inverno com aquecedor Magiclic. Ele a sacode de lá para cá. Ela se deixa levar mas está alerta: cada lâmina de unha — perolada a dele, cintilante a dela — deve bater na outra sem riscar. Ele a sacode de lá para cá e resume o seu desespero gritando-lhe, por dentro do túnel clareado azul-noite com seu pênis de ponta-de-farol, que a vida não tem fecho, não tem fecho, não tem fecho. Ela por fim diz sim, sim, sim, sim, com o corpo feroz em arco, sem entender a língua dele, de escalas. O tempo passa. O ar é áspero feito uma lixa. Ele tosse. Ela desliga o Magiclic.

## NO MOTEL TIQUE-TAQUE

Uma mulher não muito nova, nada feia, corada de blush e alegre, com um colar de duas linhas no pescoço, de sol e de idade, colheu, juntando com as mãos os dois peitos no corpo nu, o anel de brilhante que o amante lhe jogara. O brilhante era como a mulher, não muito claro, com alguma jaça, mesmo assim bonito. Havia portanto um certo equilíbrio entre a mulher e o brilhante, ainda que ela disso suspeitasse com erro de cálculo: pusera ambos, ele e ela, bem mais alto do que mereciam. Já o amante era outra coisa: muito mais novo que a mulher, e bem menos lapidado que o brilhante, era fino como um lírio, branco e flexível. Achava que o brilhante estava em desacordo com a mulher, com desvantagem para o brilhante, o que acabava por se refletir em desvantagem para a mulher, e isso o atormentava. Por isso o jogara de um lado a outro da cama: para livrar-se logo dele, e dos remorsos. Então ela o apanhara no meio dos peitos erguidos e apertados pelas duas mãos, um contra o outro. Ele ficou bobo de admiração e espanto, mas foi só. Apenas os amantes exaustos se excitam com truques do tipo, em que, por exemplo, de dentro de uma calcinha preta de rendas pode sair uma boca de batom encarnado com gosto de maçã; em vez do conhecido arzinho de peixe subindo de um lugar escuro mas previsível (onde porém não habita nenhum exemplar da espécie). Como ele não precisa de truques se atira e cai, fundo e completo dentro da mulher, por conta própria. Ela não tem tempo de soltar um ai, um assim seja. Não faz mal, se alegra. Sente-se plantada por um lírio; é um pouco almofada, um pouco canteiro. Está por baixo e está por cima. De baixo, pela fresta entre o corpo dele e o braço que a segura, olha o

*73*

céu através da janela aberta com um fundo suspiro de saudades por sua cama solteira, não dividida. Do alto paira, além das tempestades e dos lírios que se sacodem, com um leve sentimento de superioridade — nada mau: de agrado.

*TELEVISÃO. TELEVISORES*

## 104 POLEGADAS, EM CORES

Uma grande mansão, com televisão e mordomo, está dentro da televisão de uma grande mansão com mordomo. Botões, elétricos, eletrônicos, outros — um toque pela mão do mordomo e somem, a mansão, o mordomo, a televisão. Talvez fosse o botão do comutador elétrico — a chave-geral da grande mansão dentro da televisão — torcido pela mão do mordomo televisivo: um assassino em potencial. Talvez fosse a mão do mordomo na grande mansão fechando a televisão por decisão unilateral — um empregado a menos, um atrevido. O mordomo, a televisão e a mansão estão agora sendo levados pelos ares (Guarde-os Deus e os Santos), mas apenas um toque ou giro de botão e ei-los de volta para dentro da televisão da grande mansão onde há um mordomo — como ao toque do alarme um sonâmbulo nu volta do telhado para dentro do pijama. Poderá também a grande mansão com televisão e mordomo ir pelos ares se for acionado o botão detonador da dinamite, por ele, mordomo: um atrevimento sem igual, um empregado a menos. Também na grande mansão dentro da televisão da grande mansão, há uma televisão, um detonador de dinamite, botões elétricos, eletrônicos, um mordomo. O mordomo vai ser posto no olho da rua porque não se coaduna com o cargo; muito explosivo. A grande mansão vai ser posta nas nuvens pelos corretores de plantão. Eles farão uso de todos os botões para chamar a atenção dos compradores: elétricos, eletrônicos, outros. E nos classificados de segunda mão a televisão terá mais uma vez; 104 polegadas, em cores.

## TREMENDO E FIEL

Treme ao pensar que o bandido pode estar emboscado dentro do mocinho. Que a mocinha de rosto em formato de coração e boca em formato de coração pode ser *o* assassino. Treme ao pensar que aquela comunidade pacata americana — composta de gente gregária e útil, amiga dos esportes, de cultivar o jardim e cortar a grama com o cortador sempre afiado mal a grama recomeça a crescer, das idas dominicais ao culto com o pastor destacando pausadamente, em voz cheia, virtudes tão simplesmente americanas quanto as folhas prateadas dos grandes plátanos — talvez não seja comunidade pacata americana nenhuma. E sim um bando de alienígenas, de extraterrestres disfarçados em comunidade pacata americana. Cuja ossatura é puro laser e armados dos mais inconfessáveis desígnios. Depois, que importa a extraterrestres confessar os seus desígnios, se esses, por serem desígnios extraterrestres, roçariam quando muito a pálpebra dos humanos e se perderiam ao fundo, em queda livre?

Ainda assim tão tremebundo não despega os olhos do televisor. Os telefilmes voltam à noite riscados por comerciais de todos os tipos que estrondejam aqui e ali mas são apaziguadores. Pois dão a ele intervalos para que se recupere, prepare-se para o final que apesar das interrupções proteladoras chega, ainda que em hora tardia, e desvenda a seus olhos de escleróticas tomadas pelo pavor da morte (e que imitam com exatidão o tubo de raios catódicos esvaziando-se) o que de antemão já sabia, o que sempre soube o tempo inteiro da emissão: que ela, ele, ela, ele, todos, mas todos enfim, todos absolutamente não eram o que pareciam. O que não pareciam, eram.

Aquela rosada criancinha rechonchuda a um canto da tela que se apaga com o sinal da emissora não é um anjo, um querubim, um logotipo da empresa produtora, não é um comercial de iogurte, não é uma rosada criancinha rechonchuda a um canto da tela.

## 14 POLEGADAS EM BRANCO E PRETO

Os telejornais da noite vêm e vão com o vento batendo nas janelas — dizem as mesmas coisas, dizem novas, somem com pedaços de paisagens, pessoas, discursos, falham, desculpam-se, voltam. Estão por vezes recuados, as imagens são paredes — damos-lhes as costas, também aos sons de isso e aquilo, constantes como o ruído da água enchendo a caixa; são pano de fundo, não importam. (Caminha-se pela casa com desenvoltura de olhos e ouvidos.) São a frontaria da noite, metem medo. A massa de ar contra a alvenaria. São a casa e a noite: domésticos e seguros como o rosnar da geladeira ligada e do cão aos pés — têm, do leite bebido em pequenos goles, a brancura e o brilho. São também as esperas: o guardanapo na argola ao lado do talher, o retardatário que semelha andar para trás. Também o inesperado: a mariposa batendo com sua asa de martelo no olho do locutor da meia-noite; o plantão da madrugada entrando no ar e interrompendo para dizer: "Ah! Foi-se". Um telejornal sobre o outro: cartas de baralho caindo. São a distância, o alargamento da casa, o quarteirão; estridentes como sirenes estão longe e perto, na esquina, do outro lado do mundo, sobre o móvel. O guarda do quarteirão dispara ao redor do globo; apita. A criança de Kibombo tem só costelas. A Casa dos Lordes suspeita que o Rei seja Ateu. A maior enchente dos últimos tempos: uma girafa bóia entre os destroços de um cassino clandestino. O furacão Yole assola a costa. Uma multidão sossobra. Outra se ergue no estádio e aplaude. Demoradamente aplaude. A geladeira tem o branco fosco da lua, faz tziiiiii, liga-desliga, lig.

# ABANDONO

Perde as palavras aos poucos, uma a uma vão se indo; para onde, o Notável Escritor não sabe. Chamadas, chegam arredias (quando chegam) e faltam ao seu lugar na página; o ajustado. Não se prestam mais à obediência de outros dias quando bastava um psiu para num átimo apresentarem-se lavadas de dúvidas, e sem cerimônia podia então fazer delas o que bem quisesse (e como queria, o glutão das invenções, eram criação sua de muitos anos passados, ele e elas no baticum do mundo). Suspendia-as pelo cangote como a pequenos prodígios, peludas e alvissareiras, gostosas, ora genitália viva, rosada, ora outra coisa qualquer, e quantas coisas podiam ser de surpresa; no ataque. Também por vezes arrancadas às prisões frias, encoscoradas nas suas conchas de pedra; duras palavras, raspava-as com a língua ferida no atrito, e não as largava mesmo se deixassem cicatrizes, marcas fundas.

Naquele tempo. Hoje as vê refugando primeiro, e depois como alimária fantasma perdendo-se no vapor dos pastos das conversas. Então era isso... isso eram, todas elas... e se faziam de humanas, ou tão perto de. Hoje sabe. Elas... — careteando como ele próprio, velho chipanzé — seu espelho de circo eram, quem diria, e por onde escaparam...

Sentado na poltrona, olhos e ouvidos alertas, ainda hoje as procura — ainda assim, sofregamente pela sala — para ajudá-lo a agrupar as suas coisas; ou seriam as palavras elas próprias coisas... fumacentas... para onde foram...

Os outros riem dos atropelos. Nunca mais vai juntá-las. Nunca mais as terá ecoando pelos cantos; ou plantadas na polpa da língua; ou a cada manhã diante dos olhos na escrita. Mesmo de dentro do jornal as negras diabinhas soltam-se.

— Psiu, psiu.

(Não voltam.)

## SOBRE OS TEXTOS

Das vinte e seis ficções reunidas no volume, seis (algumas com a introdução de pequenas alterações) foram publicadas anteriormente em periódicos, a saber:

"Zombaria", *D.O. Leitura*, IMESP, 7 de janeiro de 1989, p. 4.

"Tremendo e fiel", *Guia das artes*, nº 25, junho-julho de 1991, p. 19.

"Cortejo em abril", *Novos Estudos Cebrap*, nº 34, novembro de 1992, pp. 239-52.

"Gripe espanhola", *Folha de S. Paulo*, caderno Mais!, 22 agosto de 1993, cad. 6, p. 3.

"No Motel Tique-Taque", *O Estado de S. Paulo*, caderno 2, 5 de maio de 1995, p. D-4.

"O doutor em filosofia e a manicura de doutores", *Poesia Sempre*, nº 8, Fundação Biblioteca Nacional, junho de 1997, p. 392.

ESTA OBRA FOI COMPOSTA PELA HEL-
VÉTICA EDITORIAL EM GARAMOND E IM-
PRESSA PELA BARTIRA GRÁFICA E EDI-
TORA EM OFF-SET SOBRE PAPEL PÓLEN BOLD
DA COMPANHIA SUZANO PARA A EDITORA
SCHWARCZ EM SETEMBRO DE 1998.